AF277079

Oasis

AA.VV.

Oasis

Directora de arte: Marina Zambrana

AA.VV.
Oasis

Primera edición en Ediciones Idea: 2025
© De la edición: Ediciones Idea, 2025
© De los textos: sus autores
© Del prólogo: Antonia Molinero
© Del diseño de la cubierta: Marco Roldán Molinero

Ediciones Idea

• San Clemente, 24, Edificio El Pilar,
38002, Santa Cruz de Tenerife.
Tel.: 922 532150
• León y Castillo, 39 – 4º B,
35003 Las Palmas de Gran Canaria
Tel.: 928 373637 – 928 381827
• correo@edicionesidea.com
• www.edicionesidea.com

Fotomecánica e impresión: Gráficas Tenerife, S.A.
Impreso en España – *Printed in Spain*
ISBN: 978-84-10272-64-4
Depósito legal: TF 91-2025

Prólogo

Todo libro es una alegoría de otra cosa, contamos una historia para irnos a otra, es una manera de contarnos un cuento desde otro lugar parecido a los sueños porque en verdad no existe, el libro es una ilusión. Siempre me he preguntado por qué necesitamos ese sueño literario para contar la realidad. Quizás si la transparencia o sencillez fuera la voz predominante hoy en día todo sería diferente y no necesitamos más que libros de ensayo. Pero como siempre que uno entra con la verdad por delante hay ofensa y guerra, mejor entonces el cuento y las verdades a medias para llegar al buen lector, el que sabe leer entre líneas, quien ve con claridad meridiana que la diferencia entre la verdad y la ficción está en la mentira que nos cuentan. La verdad nunca nos hará libres porque no existe.

En *Oasis* vamos a contar 14 mentiras para contar verdades, eso es escribir. Leer es descubrir la verdad entre tanta mentira.

En este libro colectivo del Curso de Creación Literaria 2023-24, 20ª promoción, vamos a hacer aparecer un oasis en medio de vuestros ojos. La lectura de estos relatos te va a provocar un espejismo, una suerte de felicidad, verán de cerca ese trabajo del oficio que, ojalá, les haga alcanzar la posteridad a sus autores/as.

Agradeceríamos a los dioses que nos perdonaran ese «yo fui feliz» sabiendo que escribiríamos y nos publicarían un libro, y que nos sigan dando el don del sueño para ir desde la realidad a la ficción. La Editorial Idea ya lo ha hecho posible porque saben que la Escuela Literaria, tras 21 años de trayecto, es garantía de calidad y porque su alumnado tiene un talento incomparable aparejado a un trabajo digno, y a la modernidad de sus relatos.

La Escuela Literaria no es un sueño, es realidad para los más de 3.000 alumnos que han acudido a este oasis de literatura.

La lectura de este libro es como cuando te despiertas en mitad del sueño y te vuelves a dormir porque sabes que volverás al Oasis, que leer te devolverá ilusión, para que todo lo que atenta contra tus deseos no sea más que un bulo.

El espejismo existe, eres tú leyendo nuestros textos.

Gracias Ediciones Idea, gracias Paco Pomares por hacernos eternos. Gracias por ser el primer libro de la Colección Escuela Literaria de vuestro sello. Esperamos devolveros el regalo en forma de ventas.

Antonia Molinero,
Directora De La Escuela Literaria
y profesora del Curso de Creación Literaria

Oasis

La bestia

–Carol, Carol, Carol, responde –el pánico en los ojos de Diego me miraba–. ¡No, no, no! ¡Carol, contesta! –gritó–. ¡CAROL! –gritó más.

Ese día me paré y mi cuerpo llegó antes que yo. No le respondí. Nunca le respondí. Ya no había nada de mí en mí. Sentada en el poyo de la cocina, mirando sin mirar porque mis ojos estaban huecos, sin luz, sin brillo, sin sentido, sin agua, sin nada. Toda yo estaba hueca.

–Dime algo, por favor, por favor. Carol, ¿estás ahí? Grítame, pégame. Dime algo –insistía–. ¡Dime algo, JODER!

Me había muerto, me había parado, me había salido de mí. Siempre había despreciado a mi cuerpo. Agarraba sus partes con asco, lo escondía para que nadie lo viera, pero aquel día mi cuerpo me defendió y se paró antes que yo, bloqueó todas mis partes para salvar los restos de mí que aún podían salvarse.

Diego caminaba de un lado al otro, lloraba desesperado, miraba el teléfono, lo soltaba, pensaba en si llamar a urgencias, a mi madre, o qué. Le escuchaba gritar, le veía tocarme los hombros para que despertara, pero yo ya me había congelado. Miraba al frente. Diego y la pared eran la misma cosa.

Mi cuerpo se había ido lejos, fuera de mí, para protegerme, para que sintiera un poco de paz, un poco de gloria. Era como si todos los muebles de mi cuerpo se hubieran marchado y todo quedara vacío, con las paredes rotas, sucias, abandonadas, diciendo adiós.

Diego y yo llevábamos dejándolo dos días.

—¿Él volvió? Es eso, ¿verdad? —preguntó llorando, de rodillas, cuando le dije que quería dejar la relación.

Tardé en contestar. No había vuelto nadie, solo me había ido yo. Llevábamos un año rotos, siendo personas horribles. Nos odiábamos, éramos rivales. No existía ternura ni hogar. Nos clavábamos las uñas cada vez que podíamos con reproches, con palabras que se usan para dar donde duele. Éramos imbéciles, ruines y mala gente con el otro. Éramos cólera, gritos, indiferencia, ansiedad cosas rotas, ira, asco. Éramos todo menos amor.

—Por favor, para —supliqué. Era lo único que recuerdo decir antes de que una parte de mí muriera para siempre, antes de pararme.

—Pero por qué, Carol, por qué me haces esto.

—¡Para!

—Pero es que no lo entiendo. ¿Y el viaje a Lisboa? ¿No significó nada?

—De cinco días discutimos tres, Diego.

—Me dijiste que me querías.

—Y te quiero, pero así no.

—¿Por qué me haces esto? ¿Por qué ahora? ¿Por qué? Yo te quiero, Carol. ¡Es él! ¡Él volvió!

—Dios mío, ¡PARA!

«Para, para, para», pero no paró. Entré en cólera. Rompí cosas. Saqué mi bestia, mi ira, mi fuego. Estallé un ventilador contra la pared. Quería pegarle, quería hacerle daño, quería hacer física mi ira, mi odio, mi desesperación. Y eso me asustó tanto que me rompí. Me asfixié. Me paré. Estuve unos minutos fuera de mí. Lo recuerdo porque lo vi todo desde fuera. Vi cómo me llamaba, como se rompía él, como se asustaba: «Carol, Carol, Carol».

Y unos minutos después, respiré. Lloré. Me abrazó, me dejé abrazar. Lo hicimos con fuerza, como agarrando el poco amor que nos quedaba.

—Dios mío, menos mal, menos mal, menos mal ¡Hola, hola, hola, mi amor, hola! —dijo, dejando caer sus lágrimas en mi pelo.

—Diego… —dije, ahogándome en sus brazos.

—Dime.

—Se acabó.

—Sí, se acabó.

Alba Marrero Díaz

La nevera de los helados

De pequeña, toda mi familia veraneaba en un pueblo de cuatro marineros, dos borrachos, ocho perros, diez cucarachas y una playa preciosa.

Solo había un bar y allí era en donde mi familia se dividía en dos frente a la nevera de los helados: los que elegían mulato y los que elegíamos sándwich-vainilla. A Don Ramón no le gustaba innovar. Solo tenía esos dos sabores y eso hacía que mi familia se dividiera, considerablemente, en dos bandos. Yo, que estaba en el grupo de los perdedores, el de los sándwich-vainilla, dedicaba horas a pensar por qué les gustaba tanto el mulato. Era un helado incómodo y denigrante. Por más que lo intentara no lo podía comprender. Sobre todo cuando la galleta del sándwich empezaba a estar fofita y lamía la vainilla del medio y luego me metía todo junto y me hacía un cristo de sucia, yo no entendía que alguien pudiera elegir algo distinto a aquello. Era una jodida maravilla.

Estuve años defendiendo los derechos de los que elegíamos el sándwich-vainilla de la nevera de Don Ramón porque elegir el sándwich-vainilla, a pesar de que no fuera lo más popular, era un acto de fe. Era hacerse mayor amando algo incondicionalmente; era celebrar un encuentro, era seguir eligiendo cada verano, cada año. Era apostar. Y eso era un regalo que solo entendíamos los del sándwich-vainilla porque hay gente que se pasa toda su vida intentando amar algo y lo del mulato no era amor, era el cóctel molotov del chocolate y la nata, el azúcar, la mezcla fácil. Era vicio.

Elegir el sándwich-vainilla, sin embargo, era una resistencia al envoltorio; a la coquetería, a ir más allá, a no rendirse a los encantos de una droga fácil, que se te rompe rápido en un solo choque de dientes, que se te caen al piso pronto, el mundo y el mulato, y te ensucias y te desmoronas y el verano es menos verano y tú estás rota porque te quedas como sin sabor en la boca, sin miel en los labios, como a la mitad, como en la superficie, como viendo la promesa de un momento inolvidable, de un recuerdo de verano, caerse al suelo.

Elegir el sándwich-vainilla, no tan rompedor, no tan de capa fina, no tan piel *crunchy* era amar la esencia de algo; era lamer la profundidad, lo de dentro, lo del medio y entender la grandeza de lo simple, de lo sencillo. Era hacer un equipo, liderar dos texturas en una sola, hacer que se entendieran, que no compitieran la una con la otra, que no se rompieran, que se acariciaran, que hiciera de los espacios en donde podía haber guerra un gesto de ternura, de empatía, de entendimiento. Era construir una caricia. Elegir el sándwich era hacer vivir en un lametazo lo sencillo, lo intenso, lo mágico y saborearlo como se saborea la vida cuando ya se sabe que es breve, que no dura todo un verano, que puede terminarse en un solo golpe, de forma inesperada, un martes por la tarde porque lo que parecía que no caía, cae y así mientras exista, mientras lo tengamos frente a nuestras narices, rozándonos los labios, sabemos que hay que disfrutarlo como si fuera el último sándwich-vainilla de nuestra vida.

Ser del equipo del sándwich me enseñó mucho. Mientras intentaba comprender ciertas cosas, mientras intentaba encontrarle sentido a por qué cojones la gente elegía el mulato yo ya tenía, aunque no lo viera, todas las respuestas en mi helado favorito. Sí, así era. Aunque años después el bar de Ramón cerró y abrió la heladería El misterio. Una de verdad, de bolas, de vaso, de veinte sabores. Y allí descubrí el helado de pistacho. Y todo cambió.

Alba Marrero Díaz

Con la reserva encendida

No sé cómo he llegado hasta aquí. Con la manguera en la mano compruebo el surtidor. Gasolina 98.

No estoy en mí y desde luego que no quiero estar en este puto mundo. Solo, completamente solo. ¿Para qué seguir? Pienso mientras presiono el gatillo con decisión.

Noto como mis lágrimas recorren mi cara en un llorar sordo, mudo. Nada salvo la gasolina al salir rompe el silencio de la noche.

El líquido moja mis zapatillas, las traspasa e inunda mis pies. Cálido. Va empapando mis pantalones, pegándolos a mis piernas. Lo noto recorriéndolas, denso, casi sólido, pesado. Parece atrapar mi cuerpo y querer hundirlo en el asfalto. Ese mismo asfalto en el caen mis lágrimas para mezclarse con el combustible que me rodea.

Respiro. No noto ni su olor. Solo noto y respiro mi pena. Mi soledad.

¿Por qué lo hiciste? ¿Por qué te fuiste? ¿Cómo has sido capaz de dejarme en este mundo sin ti, mi única familia, mi único apoyo? ¡Te odio! Grito en la oscuridad con toda la fuerza de mi alma desgarrada. Te odio, repito mientras mi cuerpo se rompe de dolor.

De repente te veo. Justo en frente de mí. Me da igual si son los vapores del combustible y eres una alucinación. Te veo y te oigo. No me importa el porqué, solo quiero que estés a mi lado, conmigo.

–Javi, te quiero hermano. No puedo estar en este mundo sin ti –te digo mientras lágrimas y mocos se mezclan en mi rostro.

–Tranquilo enano, te quiero y confío en ti. Adiós –me dices con tu gran sonrisa. Te vas difuminando poco a poco. Ya no distingo tu gran sonrisa ni tus ojos verdes–. No, por favor hermano, no me dejes acá, llévame contigo. No me dejes solo –suplico sin fuerzas a la nada. Porque ya no estás. Elegiste no estar. No me dejaste ayudarte. Juntos habríamos podido salir de esta. De esta y de todo, como siempre hacemos. Perdón, hacemos no, hacíamos. Ese tiempo verbal cae estruendosamente como una losa en mitad de la noche. Me aplasta.

–¡A la mierda! –me digo a mí mismo, a la vida y a Dios. Que si existe tiene que ser un tremendo hijo de puta. Mi mano busca un mechero en el bolsillo del pantalón. Miro hacia abajo. Veo la manguera en el suelo y no recuerdo haberla dejado caer. Veo el charco a mis pies y siento como si la gasolina fuera trepando, como si quisiera subir y atrapar todo mi cuerpo, fundirme con ella.

¡Joder, no tengo un puto mechero! Recuerdo que no tengo ni el del coche. ¿Cómo puedo ser tan patético? No sirvo ni para suicidarme.

Me derrumbo en el suelo en medio de un mar de combustible, mocos y lágrimas. Pienso absurdamente que mis lágrimas son el único líquido de la mezcla. Recuerdo los anuncios, las advertencias. Cojo el móvil con mis manos temblorosas.

–Voy a estar haciendo llamadas hasta que lo consiga –digo, hablando conmigo mismo, con mi hermano, con el mundo.

Después de unos intentos consigo desbloquearlo. Se ilumina la pantalla. Ahí están ellas. Mis dos hijas. Mis dos soles. Vuelvo a caer, aún más abajo, en el subsuelo, en el inframundo. No sé qué parte soy yo y cual la gasolina. Estoy hecho un mar de lágrimas. Tengo convulsiones.

No sé cuánto tiempo ha pasado. Imagino que mucho porque el charco está casi seco. Mientras me arrastro hacia el coche me digo a mí mismo que no puedo irme así por ellas. Para que no sufran lo que yo estoy sufriendo. Que luego seguro se van a sentir culpables.

–¡Ja! y una mierda –me digo mientras me desplomo en el asiento–. No te engañes cobarde. No tienes huevos para hacerlo –cobarde, cobarde, repite una y otra vez mi mente hasta que poco a poco me voy sumiendo en la inconsciencia.

Álvaro Plantalamor Enríquez

Mi superhéroe favorito

Ahí está. A pesar de las miles de veces que he mirado su foto, me sigo emocionando. A través de una lagrimilla tontuna puedo ver su cabeza calva salpicada de pequeñas manchas como de café con leche. Su tez rosácea y esa sonrisa de duende travieso que guardaba solo para nosotros, sus nietas y nietos. Y una mirada de genio loco o de loco genial, todavía no he sido capaz de averiguarlo.

Cierro los ojos y recuerdo lo divertido que era salir a pasear por Madrid en su compañía. Le veo sacar su señal de stop, ponerse en mitad de la carretera y detener el tráfico. Atravesábamos las calles a nuestro antojo. Si sí, al nuestro, al de los renacuajos, como nos llamaba en voz alta para asegurarse de que le oíamos. A veces nos la dejaba para que nosotros mismos detuviéramos los coches y pudiéramos cruzar sintiéndonos los reyes del mundo, sin esperar al semáforo en verde, sin buscar un paso de cebra ni nada. Era maravilloso. Como vivir en un cuento y ser una familia de magos armados con una varita mágica, sin ningún adulto gruñón a la vista.

O cuando nos llevaba a pasear en su coche por la sierra. Todo juntos, unos encima de otros. ¡Ja! yo siempre cómodo pues al ser el pequeño siempre iba encima de todos los demás. Jamás se me olvidará la primera vez que me puso en sus rodillas y me dijo:

–Renacuajo, coge el volante y atento a la carretera. Cuidado no te salgas de ella ¿vale? –y acelerando quitó sus manos del volante y me dejó a cargo del coche. Jajaja, ¡qué loco más maravilloso!

Lo de dejarnos conducir a todos los primos se acabó de golpe. El que conduciendo mi hermana nos dimos con un árbol. No pasó nada pues iba muy despacito, aunque para mí íbamos a toda pastilla. Pero, por lo que sea, nuestros familiares se enfadaron. Yo no podía entenderlo ¡Pero si no había pasado nada por Dios! Que nos podía pasar si él estaba al mando. Nos revisaron una y mil veces para ver si estábamos bien. Eso sí, al ver que estábamos enteros y de una pieza, tal y como dejó claro nada más entrar en casa antes de explicar porque llegábamos tarde, la histeria empezó a tornarse en un enfado dirigido a nuestro abuelo.

Yo lo observaba con pesar y tristeza, desde atrás pensando «jo, pobrecito, la que le espera». Pero mientras me iba quitando de en medio en silencio, decidido a irme a mi rincón de leer donde nadie reparaba nunca en mí, mi héroe volvió a desplegar sus poderes una vez más, venciendo a todos sus enemigos. Se fue andando en silencio sin contestar a los gritos y acusaciones. Llegó a la puerta de su despacho –su laboratorio secreto nos decía a nosotros–, se puso sus gafas de persona seria como él las llamaba y su chaqueta de pensar, una americana de pana con las coderas recosidas que se ponía hasta en verano y, dándose la vuelta, dijo suavemente:

–Tengo unos problemas que resolver de la mina, y ahora no puedo hablar.

Dicho lo cual cerró la puerta con suma delicadeza delante de sus narices. «¡Toma ya! Chuparos esa» dije para mí mismo. Eso sí, ese sentimiento de victoria me duró el mini segundo que tardaron en girar sus cabezas hacia nuestro grupo. Yo, aprovechado que era el más pequeño, logré escabullirme a mi refugio, a salvo de ese cúmulo de gritos y castigos que volaban en todas direcciones y no hacían prisioneros.

Cuarenta y cinco años después miro su foto una última vez antes de guardarla en el cajón. Vuelvo a pensar que es una auténtica pena que se fuera tan pronto, siendo yo un crio. Pero una sonrisa borra esa melancolía al instante. Y también mi cordura y pienso «joder que puto crack era el abuelo Lolo. Algún día, cuando yo sea abuelo...». Y dejo volar mi imaginación, convirtiéndome en un superabuelo mágico, ese que él me enseñó que es posible ser, dando igual donde estés.

Álvaro Plantalamor Enríquez

Toda la vida
que alberga la muerte

Recuerdo aquella mañana en la que sonaron las palabras de un diagnóstico que nos arrinconó contra las cuerdas, y como una onda expansiva, me sacó súbitamente de la habitación, permaneciendo solo mi cuerpo y mi mirada inerte reflejada en las pupilas del Doctor Galván.

El amor de mi vida había sido condenado a una muerte próxima y yo fui testigo de la lectura de la sentencia.

–Una sentencia definitiva y firme, frente a la que no cabe recurso –dijiste, con la misma serenidad con la que te dirigías a los letrados en juicio.

Los meses que le siguieron estuvieron llenos de todo lo que alberga la vida. Desayunos sin prisas que olían a café y canela. Jarrones en el centro de la mesa, repletos de romero y lavanda fresca, perfumando un ambiente cargado de miedo y amor. Música y gente buena, que venía a recordarte quién eras.

Los pasos, cada vez más lentos. Más torpes. Más muertos.

Las palabras cada día más locas. Algunas buscaban provocarme las risas que nos mantendrían siempre juntos. Otras, vacías de toda lógica, sonaban a profecía cumplida. Estaba cerca la despedida. Podía verlo cuando me atrevía a mirarte con la razón despierta.

Pero dolía tanto que hasta mis huesos menguaron. Y la piel se me arrugó, como se arrugaron las uvas de las parras que nunca más pudiste cuidar.

Tus ojos llevan cerrados dos años. Los míos, no han vuelto a mirar igual. Aun así, siento que mi cuerpo está agradecido, después de haberse anestesiado de incredulidad y hallarse roto de tanta rabia.

Hoy soy capaz de sonreír, porque me recuerdo que aprendí a bailar contigo. Porque conmigo compartiste los zumos recién exprimidos, de unos naranjos que plantamos juntos y vimos crecer.

Ay, mi vida.

Si pudieras ver cómo tus nietos persiguen a tus gallinas y qué rico vuelven a oler las flores del azahar.

Aridane Martín Rodríguez

Hacia la Quinta del Sordo

El río, solo un puente me separa de Palacio, de Madrid, pero aquí todo es distinto, las voces no han de llegar hasta aquí, ¿o tal vez sí?

Llegué a esta ciudad, a esta capital creyendo en mí, cargado de ambición y todo aquello que soñaba se multiplicó por cuatro, llegué a lo más alto, fui... Soy, por mucho que ahora me quede poco ya de ser, el mejor. ¿Y he sido feliz?... No, no hay felicidad por estar arriba, porque desde fuera te llamen grande, porque te admiren si hay voces aullando en tu cabeza y recordándote lo que eres, lo que hiciste.

De chico hubiera dicho que fui feliz, creciendo entre campos y aire fresco allá en el Fuendetodos de mi alma, sin darme cuenta de que las voces, esas voces chicas que yo tanto deseaba callar, me acompañarían, recordándome que solo soy un pintadiablos. Pronto me acostumbré a enmudecerlas, ahogándolas en los cumplidos y las bendiciones de los curas y los entendidos cuando vieron mis santos y mi fingida aplicación.

En Zaragoza los halagos crecieron y siguieron por las tierras italianas; nadie me entendía, pero todos me admiraban. Y al fin llegué a Madrid y allí, aquí, las voces chicas se juntaron con las grandes, retumbando en los palacios principales, en la Corte yo solo era un palurdico, un pintor de segunda, bueno para provincia, no para una capital, aquí se llevaban los cursis y afeminados y bien sabe el Dios del cielo que yo soy uno de esos. Yo soy tan obstinado, cabezón y testarudo que, si las voces gritaban, más fuerte gritaba yo, más ruido metía yo, y con pura valentía sacudía los pinceles. Tan bien lo hice que del más bajo al más alto me rendían pleitesía. Y, sin embargo, a mis espaldas, en mis oídos los murmullos, las voces seguían.

Engreído en mi poder, en mi anhelo de silencio, hui de la Corte, en busca de Andalucía. Y allí, seducido por el Sol intenso, los colores de las marismas, el buen vino, el canto de las cigarras, baje la guardia. Las voces, esas horribles voces, se me atragantaron en los oídos dejándolos cerrados al mundo de fuera, para atormentarme sin descanso con sus salmodias mordientes. Y cedí y me rendí a tu capricho y tus invenciones.

Así he vivido, he visto los caprichos de los hombres, los disparates de nuestra imaginación, los desastres de la guerra, he visto reyes reinar, rendirse o morir… Si a reyes, he visto morir a reyes y a mi Pepa, y a Francisco y a Martín y a siete hijos tan hermosos, tan amados, tan inocentes. He pagado, tú lo sabes, he pagado lo que dije, ¿no será ya esta la hora de que me dejes de remorder?

Marianito, hermanico mío, yo no te quería mal. Solo era un chiquillo, como tantos otros, al que un hermano chico le puso celoso... Lo sé, lo dije, solo fue una niñería deseando que madre volviera atenderme a mí... Y como todo lo que me he propuesto en la vida tú te fuiste y yo me quedé con madre para mí solo, pero desde entonces nunca la pude yo tener contenta.

Ahora, enfermo, cansado, lo dejo todo, Madrid, la corte, la gloria, me voy al otro lado del río. Todo lo que tengo, todo lo que soy lo daría por volver a aquella nefasta jornada, si pudiera... Si pudiera tú bien sabes que lo haría. Lo siento, lo siento tanto... Quizás baste una palabra, una simple palabra: Perdóname hermanico mío, perdóname.

Azucena Keatley

Una mala resaca

El ladrido del perro lobo de mi vecino me despertó taladrándome los oídos. Ese maldito animal comenzaba a ladrar cuando el día despuntaba y no me dejaba dormir. Aquella mañana era especialmente molesto, tenía una mala resaca después de la fiesta de mi departamento la noche anterior; no había bebido demasiado, pero me falta la costumbre de beber. Quizás mi resaca tenía más que ver con la pelea con nuestro director, en fin, todos sabemos cómo es Christopher y de fiesta es incluso peor que de diario.

Apreté los ojos con fuerza, para que no me entrara la luz, pero los ladridos continuaban y, casi sin darme cuenta, entreabrí los parpados. Aún estaba oscuro, desde la ventana se colaba el resplandor de la Luna, pero... La ventana estaba a la derecha de la cama cuando la ventana de mi habitación estaba a los pies... Confusa apreté los ojos, sacudí la cabeza y traté de espabilarme, esto debía ser un mareo, o que aún estaba medio dormida. Abrí los ojos de nuevo y la ventana seguía a la derecha, y aquella...

Aquella no era mi habitación. Me levanté sobresaltada, traté de ir a la ventana y de pronto, al ponerme de pie, me vi reflejada en el espejo de una cómoda: Llevaba una pijamita de algodón, no el camisón de seda blanca que me había puesto antes de meterme en mi cama. ¿Y qué le pasaba a mi pelo? Lo tenía muy largo, casi me llegaba a la mitad de la espalda, desde que era niña nunca había tenido el pelo tan largo, el día anterior había ido a la peluquería y me habían cortado una melena por encima de los hombros ¿Qué me estaba pasando? Esto no podía estar pasando.

Alarmada me acerqué a la ventana tratando de orientarme, temía que pensar, esto tenía que ser un sueño, una mala pesadilla etílica, jamás volvería a beber una sola gota de alcohol. Y el perro no paraba de ladrar, los mismos ladridos que llevaba oyendo meses y meses.

De pronto, algo se movió en la cama, y para mi asombro vi incorporarse a Christopher, que se desperezaba.

–¡Ese maldito perro! –se quejó, y me miró sorprendido al verme junto a la ventana–. ¿Estas bien, mi vida? –me preguntó con un tono melifluo que jamás había oído en su voz, mientras se levantaba para acercarse a mí. Estaba medio desnudo con solo unos pantalones de pijama a cuadros, mirándome con dulzura en vez de su jodida mirada caustica. Estaba tan atónita que ni siquiera pude reaccionar cuando me abrazo con suma delicadeza y continuó diciendo:

—Estás helada mi lucero, volvamos a la cama y te prometo que lo primero que haré mañana será ocuparme de ese perro.

Lo que ya no pude tolerar fue cuando posó sus labios en mi frente con intención de besarme.

Me deshice como pude de su abrazó y corrí hacia la puerta; estaba cerrada, así que me encaré con él:

—Christopher, no sé lo que te traes entre manos, pero ya está bien. Déjame irme a mi casa. Solo déjame volver a mi casa y nadie tiene que saber nada de esto.

La sorprendente dulzura de sus ojos se tornó en una expresión sombría, mientras trataba de acercarse a mí.

—Elsa mi vida ¿Qué día es hoy? —me preguntó con un aplomo inaudito. Yo me fui hacia la esquina de la puerta, tratando de apartarme de él.

—¿Día, qué día?, ¿jueves? Ayer fue jueves.

—Está bien —insistió con una serenidad desconcertante—. ¿En qué mes estamos?

—Marzo, estamos en marzo — dije yo.

—Mi amor —suspiró él, como lamentándose—, ha vuelto a pasar, estás desorientada: en marzo tuvimos un accidente, fue culpa mía, estuviste en coma, a veces tienes malos sueños y te parecen realidad, tienes la memoria confundida. Es como una mala resaca, producto del accidente, que te da si estás demasiado cansada o nerviosa. Ayer no debí discutir contigo. Lo siento tanto.

De repente sentí un pinchazo en la pierna y una sensación de frio alrededor del pinchazo, la pierna comenzó a perder fuerza y tuve que sujetarme a la pared para no caerme, pero todo fue inútil la sensación se extendió a la otra pierna, a los brazos y hubiera caído a plomo si él no me hubiera sostenido. Me cogió en brazos, me llevó a la cama y mientras me arropaba comenzó a besarme el pelo, sollozando y repitiendo:

–Duerme mi lucero, mañana todo estará bien, tienes que confiar en mí, yo siempre cuidaré de ti.

Y a lo lejos, el perro lobo, continuaba aullando.

Azucena Keatley

La Perla del Caribe

La Perla del Caribe está colocada a la entrada del bar, entre la puerta y el inicio de la barra. Es una máquina tragaperras decorada con tópicos caribeños, incluida la sensual nativa de mirada pícara que incita a jugar. Su funcionamiento es el clásico de tres rodillos que giran a toda velocidad y frenan de forma brusca mostrando las figuras de apariencia engañosamente aleatoria.

El hombre entró en el bar temprano cuando todavía no había ningún indicio del día que estaba por llegar. Se apoyó en la barra y dejó sobre esta una pequeña mariconera de piel negra de imitación de la que sacó un billete de 50 euros, que era la mitad de sus ganancias del domingo anterior vendiendo cachivaches en el rastro. Se lo mostró al camarero en un gesto sobreentendido y se lo cambió por cinco billetes de 10 euros. Empezó a meter un billete tras otro en la máquina y a pulsar los botones con decisión, con un golpe seco. Mientras iba perdiendo cada una de las partidas que jugaba golpeaba los botones con mayor fuerza y refunfuñaba en un tono lo suficiente alto para que lo oyeran el resto de clientes: ¡increíble!, ¡que puta mierda!, ¡con lo cerca que estoy!, ¡lo noto, está que arde!, ¡esta vez sí!, ¡no se me escapa!, ¡vamos! Cuando perdió los 50 euros sacó el último billete que le quedaba y lo volvió perder con la misma rapidez. Visiblemente decepcionado, el hombre se sentó en un taburete al final de la barra y pidió un cortado al camarero.

A los pocos minutos, llegó el chino de ojos rasgados y rostro imperturbable, que aparecía por el bar con una frecuencia de tiempo sólo conocida por él. Pidió un té y se sentó con desgana en una silla que colocó frente a la máquina. El hombre lo miró con el rostro contraído y comenzó a sentir un hormigueo por todo su cuerpo que lo impulsaba a un movimiento rápido e incontrolable de sus extremidades. El chino empezó a echar monedas de 1 euro de forma mecánica, con un ritmo pausado y constante, mientras miraba impasible las figuras que mostraba la máquina. El hombre no dejaba de mirarlo fijamente como si estuviera hechizado por la cadencia con la que echaba las monedas. Al cabo de un tiempo indeterminado, que para el hombre se estiró tanto que parecía que se hubiese detenido, la tragaperras empezó a estremecerse, las luces se encendieron de forma enloquecida y sonó la alegre melodía que anunciaba el premio, y las monedas empezaron a caer como si la máquina las vomitara. El hombre apartó la mirada del chino, apoyo su cabeza en la palma de la mano y se hundió en el taburete.

Antes de irse, el chino anotó en una pequeña libreta algo en caracteres incompresibles. Se montó en una Scooter, que tenía aparcada a la puerta del bar, y desapareció cuando los débiles rayos de sol empezaban a asomar por el horizonte.

Carlos Labrador Marrero

Amuleto de dos mujeres

Lille llegó al Puerto de la Cruz allá por los años cuarenta, y le cautivó aquel pequeño pueblo de pescadores y del que dijo le parecía un pequeño París.

Ella también cautivó a los vecinos de la calle de La Hoya con su esbelta figura, su flequillo liso y su afable rostro para con todo el mundo. Era una joven escandinava de veintiocho años de edad que llegaba sola con su maletín y caballete colgado a sus espaldas, y una pequeña maleta con sus pocas pertenencias. Venía a pintar la vida de estas lejanas personas a las que dedicó hábiles pinceladas, y divertidas conversaciones durante su alargado año en esta isla. Ya venía manejando varias lenguas, así que le fue fácil adaptarse a un habla canaria que ya arrastraba extranjerismos.

Después de unos meses cambió su estancia en el antiguo Hotel Martiánez por una habitación con la familia de la calle de La Hoya, y cuyo cabeza de familia era su taxista prácticamente todos los días. Y allí entró Lille para formar parte de aquel hogar que le dejó su habitación más amplia, compartir su modesta comida, sus días de trabajo, y los divertidos momentos con los chiquillos de diferentes edades que habitaban la casa del número 49.

A Lille se la admiraba por esa libertad y autonomía para viajar sola en aquellos años en que nuestras mujeres no podían hacer prácticamente nada sin autorización de sus padres o esposos. Y esta señora sin una cosa ni la otra, no solo tenía su propia formación sino una vida autónoma que había ido llenando de las experiencias que había elegido. Y así Lille se unió a las tardes de mujeres de mentes abiertas que habitaban en casa de mi abuela Rosa, que mientras bordaba sus cojines para la familia Yeoward iban recorriendo Europa a través de los ojos e historias de esta sueca guapa e independiente. Eso sí, a puerta y ventanas de calle cerradas para que no se oyera en oído ajeno lo impropio de oírse en aquellos años, y según quién lo dijera.

Y de entre los hijos del taxista de Lille se encontraba la adolescente llamada Magdalena, que parecía una hija más de mi abuela, y que junto a ella y el resto de mujeres viajaban al extranjero con todo el entusiasmo que la joven sueca les contagiaba.

Y llegó el día en que se llenó la carpeta de lienzos, bocetos y pinturas, señal ésta de que había llegado la hora de volver. Lille debía marchar a preparar su exposición y venta de tantos retratos y paisajes realizados. Pero no sin antes tener unos obsequios con sus caseros y vecinos de charlas. Así como ofrecer a Sixta y esposo llevarse a su hija Magdalena para procurarle una formación que le manifestó desear. Y sus padres nada ajenos a las posibilidades que en aquellos años había por aquí, y para las mujeres mucho menos, no dudaron a aceptar los deseos expresados por su hija.

Y a partir de ahí Magdalena continuó viniendo con Lille a visitar a su familia en Navidades, luego con marido y con sus hijos en verano; visitando siempre a las buenas amistades que había dejado por aquí. Lo sé porque siempre la vi en casa de mi abuela durante su larga estancia de vacaciones. Y ya cuando Rosa, mi abuela, contaba más de ochenta años y vivía fija con nosotros, apareció esa tarde Magdalena con su esposo a su visita obligada a su querida Rosa. Rosa que a pesar de que ya estaba mayor tenía su lucidez mental y su actitud veinteañera de siempre. Y esa tarde vi quitarse a Magdalena el pequeño colgante que siempre llevaba, y dirigiéndose a ella le dijo:

–Nunca pensé, Rosa, que este colgante que me dieras hace ya tantos años, en tu casa y con los mejores deseos que me pudiste procurar, me concediera tan buena suerte. Marché con una buena persona que me procuró la oportunidad de una buena vida, una formación como mujer y persona, y además encontré el verdadero amor junto al hombre más maravilloso, y con el que he formado la más bonita de las familias. Y ya es el momento de traer de vuelta el que ha sido mi amuleto de la buena suerte, puesto que ya en este momento de mi vida no puedo pedir más de lo que tengo.

Y fue en ese instante cuando conocí la historia y significado de esa pequeña herradura con su araña que tantos años vi lucir del esbelto cuello de Magdalena, y sin saber hasta ese preciso día de todo el sentido que tenía para las dos personas tan bellas que estaban a mi lado. Y continuó:

–Es hora de que lo lleve tu nieta y que así le procure a ella todo el abanico de oportunidades que yo he disfrutado, y que jamás imaginé.

Y desde mis quince años llevo el testigo de este amuleto de la suerte, la fortuna y las oportunidades de dos mujeres importantes en mi vida, y a las que desde luego, y por el recorrido que hicieron, intento no defraudar. Y así, desde donde quiera que estén, juntas con sus inseparables sonrisas, puedan seguir disfrutando de esas tardes alrededor de un quinqué y una buena infusión de Caña Santa. Mientras, yo continúo viajando con mi amuleto y su diario, en el que les cuento todo lo que ven mis ojos y siente mi mente; mientras ellas escuchan con atención y curiosidad; porque ésta decían, siempre te tiene que acompañar.

Clorinda Padilla Padrón

Cambio de apellido

–Buenos días, ¿en qué puedo ayudarla?

–Buenos días, pues venía con esta documentación. Tenga, creo que debe estar todo porque llevo tres meses con los requisitos que me indicaron. Y bueno, es para la eliminación del primer apellido aquí, en el Registro Civil que recibió el traslado de mi Inscripción de nacimiento.

–Me dice que desea eliminar su primer apellido. ¿Y se quedaría únicamente con el segundo?

–Correcto. Un homenaje en vida a mi madre. En la documentación se acompaña las razones a las que me amparo para esta solicitud, ya que además me indicaron que estaba retirando un apellido muy español, pero doy reseñas que mi familia en Madrid es lo suficientemente grande como para no perderse el linaje *Homo Madrilens* de mi difunto padre. Sí, esto a él le hubiese molestado lo suyo, porque era muy españolito, pero sé de buena fuente que también le hizo pasar lo suyo a su padre. Así que ya es hora de quitarme de encima lo que me ha estado pesando tanto. Disculpe mi ironía y sarcasmo en todo este asunto, pero me ha costado cincuenta años llegar hasta aquí, y con tan buen humor. Ya hubiese querido yo borrar a mi padre en vida con tan pocos trámites y papeles.

−¡Oh, no se preocupe! No estoy acostumbrada, pero sí abierta a todo lo que pasa por aquí. Y créame que usted es de lo más normal que ha venido en las últimas semanas. Ayer vino alguien, porque ya no se puede definir el género como tal, que deseaba que se indicara en su Inscripción de nacimiento que se sentía «cafetera», y que por lo tanto se inscribiera así en su sexo. Era un ser en estado puro de ebullición de sentimientos e ideas, y por ello, dijo que así era como mejor quedaba identificado. Con estas políticas de gobierno en que no quieren apostar más por invertir en Sanidad Mental van a terminar con nosotros los funcionarios, porque todos los «flipados mentales» nos los envían aquí. Aprueban leyes que no les cuestan un duro, y sin tener que hacer instalaciones, ni contrataciones de personal, aceptan que la gente se mueva a su libre albedrío para sentirse y hacerse lo que le salga en gana. Las masas humanas están ahora encontrándose de nuevo en estas políticas de locos. Terminaremos nosotros igual que el Mago de Oz en su cuento: cantando de locura y fumando lo que nos den los jardineros del Edén y del más allá.

−¡Vaya! Pues yo creía que el bicho raro era yo. Ahí tiene la argumentación de mi solicitud, pero puedo hacerle un resumen. Yo desde niña sabía que en mi familia faltaba algo. Faltaba el amor y dedicación de alguien. Cuando a mi madre se le acababa la sonrisa después de un día de trabajo, y me dejaba encargada de cuidar a mi hermana mientras ella iba a la compra o preparaba la cena, porque no había más adultos a nuestro alrededor para encargarse de ello. Y cuando llegaba él, mi padre, y comenzaba a hablarte únicamente de su exitosa jornada laboral, de su incansable seducción del día anterior, así como del dinero que se había gastado, y un sin fin de chulerías más. No sé cuántas fotos de diferentes mujeres llegué a ver. Y lo peor es que también se las enseñaba a mi madre; sus conquistas amorosas. Todas pasaban por delante de sus ojos color miel. Mi hermana no fue tan consciente de todo aquello, porque era algo más pequeña que yo. Pero diría que eso fue más dañino porque no se percató de igual manera de lo denigrante que era nuestro padre, egoísta y desgraciado. Quizás por ello pudo ir a su entierro. Luego entendí por qué no le dio el divorcio a mi madre. La utilizaba para vanagloriarse de que él seguía viviendo los eternos veinticinco años mientras ella cogió el cuerpo de una crianza, y el sufrimiento del desamor que nos sembró en casa. Porque en la calle era otra persona. Sí, ahí dejaba la imagen del caballero serio, amigable, simpático y dadivoso que con tal de no beber solo le pagaba rondas a todo el que se apuntase. Por eso siempre tuvo compañía mientras tuvo dinero. Pero para sus hijas no tenía nunca un duro. Tuvimos que renunciar a la herencia por todas las deudas que nos dejó. Y por ello estudié psicología; para arreglarme por dentro la máquina. Para poder mirar a la cara a mis compañeros de clase sin pensar que todos eran como él; como ese miserable que salió de casa de su madre para vivir de la nuestra. Nosotras fuimos fruto de su virilidad. Yo creo que hay hombres que únicamente disfrutan con dejar embarazada a la hembra, sintiendo así una continuidad de su estirpe. Mire, aquí le dejo mi tarjeta por si necesita de mis atenciones en alguna ocasión. Espero que no, pero dado el estrés mental que se está dando últimamente quedaremos pocas personas cuerdas para atender al resto.

—Sí claro. Aquí le dejo el resguardo para cuando la avisen de recoger el informe que realizará previo expediente nuestro jefe, y que podrá remitir al Ministerio de Justicia. Y dígame: ¿qué fue lo peor que hizo su padre?

—Pues no ser padre. Y encima enfermarse y pretender que nosotras estuviésemos ahí para cuidarle y atenderle como si él lo hubiese hecho primero. El egoísmo del ser humano puede llegar muy lejos. Pero le perdoné, porque no obligó a mi madre a abortar algo que él no quiso nunca. Tan solo dejó claro que no se ocuparía de mí. Pero para eso tuvimos a mi madre que siempre creyó que era mejor que tuviésemos un padre que nos quería a su manera. Y créame, que ese es un gran error que se comete mucho. Porque un ser egoísta y sin fundamento no es un buen referente para nadie, y menos para unas hijas. Cuando más alivio sentí fue a su muerte, porque sabía que se había enfermado viviendo su vida al máximo, sin frenos ni reparos: vivió, comió, bebió y folló todo lo que quiso. Sin embargo, nosotras comenzamos a vivir cuando él se marchó. Se fue a morir a casa de su hermano, que hacía muchos años que no le veía. Y ahí supimos que su existencia nos había hecho construir una piña de amor y apoyo, que aún hoy perdura con un único apellido, éste, el de mi madre.

Clorinda Padilla Padrón

¡Ponme otra cañita, Ramón!

A ver señores, que a esta vida hemos venido a trabajar y no a hacer el vago. ¿O que va a ser? ¿todos los días fines de semana? Pues no hombre, lo que faltaba. Y no me hablen de los fines de semana que si yo pudiera los borraba del mapa. La gente se vuelve loca los fines de semana. Llenan los coches con bolsos, toallas, sombrillas, los niños, la parienta y la suegra, y ¡ala! a colapsar las autopistas en dirección a la playa. Yo es que odio la playa. No me gusta nada eso de tostarme al sol como un torrezno y sudar como un pollo. A mi señora esposa la llevo al centro comercial de compras que tiene aire acondicionado y mientras ella hace sus compras yo me tomo un café y leo mi periódico, y tan a gusto. Pero claro, al ser fin de semana los centros comerciales cierran y tengo que buscar otro plan que hacer con mi parienta pa' que no se me enfade. Que la última vez la llevé al *sportbar* que hay en mi barrio, donde se estaba fresquito y ponían el partido de la final de copa del Athletic contra el Mallorca, y me tuvo a lentejas cocidas toda la semana. Y yo es que no puedo con las lentejas. A mi dame un buen filete de carne y las legumbres pa' los cerdos. Que mira que comen esos animales...

–¡Ramón, ponme otra de aceitunas y otra cañita, que tengo seco el gaznate!

Pues como iba diciendo, yo eliminaba los fines de semana. Un negocio no es productivo si no produce los siete días de la semana. Que ya lo decía mi tío Paco. El que tenía un negocio de compraventa de discos usados. Bueno, no es que tuviera un local ni nada de eso. Más bien ponía un puesto en el mercadillo de la plaza los sábados y los domingos, y se dedicaba a vender y comprar discos usados. Pero no de cualquier artista, ¡ojo! Por su puesto pasaban los grandes éxitos de la música. El Fary, Manolo Escobar, Juanito Valderrama... Era todo un entendido mi tío Paco. Y ahí estaba, todos los fines de semana. Trabajando sin descanso. No fallaba ni uno. Ni cuando murió mi tía Florencia y todos tuvimos que vestirnos con el traje negro de los domingos y acompañar al coche fúnebre caminando desde la iglesia hasta el cementerio en pleno agosto. ¡Madre mía como sudamos ese día! Como pollos asados. Es todo un referente en mi vida, mi tío Paco. Más tarde nos enteramos de que además de vender discos usados se dedicaba al discutible negocio de la venta de otras sustancias no tan legales. Pero bueno, esa es otra historia y ya tengo la garganta seca...

–¡Ramón, otra cañita!

Al final vamos a tener que copiar a los chinos. ¡Esos sí que saben llevar un buen negocio! Debajo de mi casa hay uno que vende de to' el tío. Y te abre de lunes a viernes incluso por las noches. Una gozada. Que no te llega el arroz pa' la paella de los domingos, pues te bajas al chino. Que se te acaba el tabaco y te apetece fumarte un piti antes de acostarte, pues te bajas al chino. Que se te acaban los condones y el cuerpo tiene ganas de jarana, pues te bajas al chino. Y ustedes se preguntarán, para qué necesita el Manolo condones si su esposa toma la píldora... Esa es otra historia y mi garganta vuelve a estar sequita.

—¡Ramón, otra cañita!

InaMartín

El perdón

Aquella tarde entré en aquella sala con la curiosidad pintada en la cara. Me senté en una de las sillas que se habían dispuesto en círculo dentro de la sala y busqué con la mirada la cara familiar de mi psicólogo. Eso me tranquilizaba. A medida que iban pasando los minutos varias personas entrarían en la misma sala y realizarían el mismo ritual. Todos y cada uno de los presentes nos mirábamos de manera disimulada probablemente pensando lo mismo: «¿cuál será su historia?», «¿qué le ha llevado aquí?».

Más tarde empezarían las presentaciones y las explicaciones. Pasaríamos cuatro días juntos, retirados del mundo, en un entorno seguro y siempre apoyados por ellos, nuestros psicólogos. Aquellos que nos habían propuesto este ejercicio. Un ejercicio de vida, de luz y de sombras, pero sobre todo de sombras. Aun así, nada nos preparó para lo que viviríamos aquellos días.

Se trataba de enfrentarnos a las figuras que nos habían dado la vida. El padre y la madre. Es decir, en esos cuatro días me iba a enfrentar a mi padre y a mi madre. Siempre de manera figurativa, claro. Esas dos personas a las que se les supone el amor y la protección que debía haber tenido en mi vida. Ese amor siempre impuesto, condicionado y coaccionado por parte de mi madre o simplemente vacío y escaso por parte de mi padre. Esa sensación de soledad que me acompañaría toda la vida. Esa mirada triste en un espejo vacío. Ese «patito feo» que se esconde del mundo por el miedo a ser descubierto.

Esos cuatro días, en aquel lugar de recogimiento, apartado, desnudé mi alma y me rompí en mil pedazos. Y lloré, y lloré y lloré, y grité, y les acusé de haberme hecho daño, a mí, a su hija, a su «linda flor del higo pico», como me decía mi padre. Lloré sus ojos siempre jueces y sentenciosos que me anulaban, su extremada torpeza emocional que me lastimaba y me llenaba de cicatrices invisibles, pero profundamente dolorosas, lloré sus noches de alcohol y de broncas... Lloré y me abracé a mis compañeros. Esas personas que me mostraron sus mundos de terror y oscuridad, a mí, a una total desconocida. Un abrazo de los que mueven montañas y llegan hasta las entrañas. Un abrazo de amor del que tanto mendigaba.

Esos cuatro días acusé, sentencié y maté a mi padre y a mi madre. Me liberé de la culpa. Celebré su entierro y mi alma volvió a la vida. Un alma suturada, pero en calma. Y entonces una mirada nueva sustituiría a la antigua. Una mirada más amable y más compasiva. Una mirada a una madre que no ha conocido otro tipo de amor en su vida. Una mirada a un padre que carga con una pesada cadena que no es capaz de quebrar. Y un discurso nuevo empezó a narrar mi historia. Una página nueva en blanco se me mostraría. Y una nueva palabra vería la luz de manera tímida. Una aún pequeña y poco legible, pero viva. Y así es como el perdón entraría a formar parte de la historia de mi vida.

InaMartín

En los relatos de mi madre

Estoy sentada en mi habitación, rodeada de cajas y cajas de apuntes. Cuatro años de carrera que se volatilizarían si se encendiese una chispa. Kilos de horas, de nervios, de dolores de cabeza, de ronchas en la piel. De comer mal, de dormir poco, de temblar antes de cada examen y de llorar después. De seguir adelante como un burro siguiendo una zanahoria de papel. Un papel enrollado y firmado por el rey, para que parezca aún más salido del reino de Muy Muy Lejano. ¿Qué hago con todo esto? ¿Tirarlo? ¿Tengo el corazón para hacer eso? Si lo guardo, lo más probable es que nunca lo vuelva a mirar. Pero supongo que es como cuando estás en una relación tóxica y te cuesta dejarla ir. Has sufrido tanto que prefieres creerte la promesa de que las cosas van a mejorar. Las cosas mejorarán cuando pase la época de exámenes, mejorarán cuando te gradúes, mejorarán cuando encuentres trabajo, mejorarán cuando tengas estabilidad. Llevo toda mi vida adulta rompiéndome el cuerpo para estar en esta habitación, con este papel enrollado y estas cajas de apuntes, y me siento más vacía que nunca.

Estudié Ingeniería Electrónica por papá. Me convenció de que me metiera en la carrera más aburrida del planeta. No sé qué palabra me parece más coñazo, si «Ingeniería» o «Electrónica». Hasta pronunciarlas mentalmente me absorbe la energía. Decidí meterme y probar suerte, y luego el muy cabrón se mató con la moto cuando aún no había terminado ni el primer año. Y me atrapó. ¿Qué iba a hacer? ¿Dejarla? ¿Llevar la contraria a mi padre muerto con el que la conversación más profunda que he tenido fue esa en la que me dijo «Ingeniería Electrónica es tener trabajo asegurado»? No, mi estúpida forma de lidiar con el duelo fue comprometerme con un objetivo que no era mío. Como si tuviese miedo a que se me apareciese una noche su espectro y me susurrase «Hijaaaa... No estoy enfadadoooo... Estoy decepcionadoooo». Así que seguí, como si la vida miserable que estaba teniendo fuese una ofrenda que le hacía. O algo así.

Yo tenía sueños. Antes de todo esto, quería escribir. Aún tengo las primeras historias que escribí con ocho años guardadas como oro en paño en el mueble de la cocina. Y las que escribí con doce, con trece, con quince, con diecisiete... Tengo libretas llenas de fragmentos, de ideas... Casi tantas como apuntes. Dios, tengo más apuntes que libretas de cuentos. Ahora todo eso se acabó. Quizás en otra vida.

Me acuerdo de leer de niña mis pequeños intentos de relato a la abuela y a mis padres. Abuela y mamá siempre me aplaudían al final. Papá me daba un toquecito en el hombro con cierta indiferencia que yo atesoraba como un perro vagabundo una loncha de salami. Nunca lo dijo, pero creo que mamá esperaba algo distinto para mí. Pienso que ella creía de verdad en mis historias y que le habría gustado que siguiera escribiendo. Cuando le dije que iba a hacer ingeniería me dijo que le parecía bien, pero percibí un pequeño movimiento de cejas, una expresión de vacío, como cuando vas a un restaurante y no les queda tu plato favorito. Ahora estamos las dos solas y soy la única en condiciones de trabajar. Más me vale empezar pronto, de «lo mío», de algo que dé pasta, porque mamá, siendo ama de casa toda su vida y con la edad que tiene, no va a conseguir nada que nos haga llegar bien a fin de mes. Se nos están acabando los ahorros y el alquiler no se va a pagar con relatos escritos por una niña pequeña y buenas intenciones. Yo querría haber sido esa otra versión de mí, la que creí que sería durante tantos años. Haber estudiado algo relacionado con el lenguaje, no sé, Filología. Escribir novelas, dedicarme a la crítica, al mundo editorial... Poder crear otros mundos y ayudar a otras personas a crear los suyos, a compartirlos, a darles vida. Esa yo me cae mejor que ésta. Ésta no puede dar vida a nada, porque estudió para encender y apagar cosas muertas.

Creo que debería haber muerto antes de empezar la universidad, cuando aún me esperaba un futuro brillante. Algo fortuito, común, sin mucha parafernalia: atragantarme con una aceituna, o ser atropellada por cruzar la calle sin mirar. Mamá pensaría en cómo habría sido su hija de mayor, imaginándome con el mismo entusiasmo que tenía de niña, firmando novelas, dando entrevistas. Le hubiese dicho a sus amigas que su hija había nacido para ser famosa, que estaba segura. Ellas se habrían quedado con esa imagen, de un potencial emocionante sesgado demasiado pronto, una terrible injusticia. Sería incluso romántico. Se preguntarían sobre lo que nunca escribí y sentirían desconsuelo por no poder leerme. Pensarían en esa joven promesa, en esa *gifted child*, a dónde podría haber llegado. Ahora sé a dónde he llegado, y no me interesa saber lo que pasará después. Si hubiera muerto muy joven, podría tener la vida que siempre quise, aunque fuese solo en los relatos de mi madre.

Jelen G. Broock

Una idea infecciosa

Estaba lloviendo a cántaros cuando a Juan le sonó el despertador. Alargó el brazo y apagó el sonido infernal, aún con legañas en los ojos, y miró la hora. Se levantó de un salto mientras maldecía. «¡Mierda! ¡¿Cuántas veces he aplazado la alarma?!». Ya llegaba tarde a la tercera clase de la mañana. Le dolía horrores la cabeza. Anoche se había quedado bebiendo con unos amigos y habían caído muchas cervezas de más. Arrepentido, se llevó las manos a la cabeza mientras le aparecía un *flashback* de la fiesta en el que cantaba a gritos, a hombros de algún desconocido, *TELL ME WHY! AIN'T NOTHING BUT A HEARTACHE!*. Se enfundó en la misma ropa que había llevado puesta el día anterior y salió corriendo del dormitorio.

Mientras las gotas de agua que le caían en las gafas le nublaban la visión, se reprochaba: «¿Quién te manda a quedarte hasta tan tarde? Y espera... ¡NO! ¡Nos grabamos meando sobre el coche del profe de Física! Joder. Espero que nadie lo suba...». Al llegar a la entrada de la clase, miró por el cristal de la puerta y lo vio allí, tras la mesa, esperando a que los alumnos se sentaran para empezar. Se preguntó si sabría algo y dudó sobre si entrar o rendirse a la evitación, huir y abandonar esa clase para el resto del semestre. Para cuando entró, ya el resto de alumnos estaban sentados. El profesor lo saludó:

—Buenos días, Juan. Por favor, toma asiento.

Juan se sentó en la última fila, rindiéndose a su destino. Se quitó el chubasquero, se limpió las gafas y sacó una libreta. El profesor empezó a hablar.

—Hoy vamos a comentar un concepto que ha interesado a la humanidad en todas las culturas. Algo que ha acompañado a filósofos y científicos durante siglos y que ha dado lugar a innumerables teorías. ¿Alguien aquí está familiarizado con el concepto de «determinismo»? —unos pocos alumnos levantaron la mano. El profesor señaló a uno de ellos, dándole la palabra.

—El determinismo es... el destino, ¿no?

El profesor continuó con su relato.

—Algo así. El determinismo es la teoría según la cual todos los acontecimientos están determinados por la cadena de sucesos anteriores. Dicho así suena a chatarra lingüística incomprensible, pero lo que viene a decir es que, si conociéramos todas las propiedades físicas de una partícula: su masa, su velocidad, su volumen... En un determinado instante de tiempo, y aquellas de todas las otras partículas que estuviesen en su entorno, podríamos predecir con exactitud su trayectoria.

En la clase reinaba la apatía. Algunos dibujaban y otros miraban memes en el ordenador. Nadie parecía prestar atención, hasta que algo del discurso captó el interés de unos cuantos.

–Lo curioso de esta teoría, que por ahora es lo más aceptado por la ciencia, es que nuestra mente también está formada por partículas, y como tal, también se comportaría como un cuerpo determinista. Eso implicaría que todas nuestras acciones estarían determinadas por los estados anteriores de la materia. Y esto se podría extender infinitamente hacia el pasado. Es decir, todo lo que hemos hecho y vamos a hacer habría estado escrito en el estado de los cuerpos desde mucho antes de que ninguno de ustedes naciera.

Se formó un silencio. Juan empezó a notar una sensación de incomodidad en el pecho.

–Esto significaría que cada una de las decisiones que han tomado, no podría haber sucedido de una manera diferente. Cada uno de ustedes habría actuado siempre siguiendo el camino establecido, sin posibilidad de cambiar nada de su futuro. Habría un porvenir determinado que no se podría modificar y el libre albedrío no sería más que una ilusión.

Juan se revolvió en su asiento. ¿Qué significaba todo esto? Entonces, ¿haberse quedado en la fiesta anoche no había sido más que «aquello que iba a

ocurrir de todas maneras»? ¿No tenía ninguna res-
ponsabilidad? ¿Para qué estudiaba entonces? ¿Y
qué hay de Omar? El beso de anoche... ¿También
había sido un artefacto? Si ninguna decisión era
suya, ¿qué sentido tenía todo? Juan sintió cómo el
corazón se le desbocaba. Decenas de imágenes pasaban en tropel por su cabeza, momentos que habían
definido su identidad, su esencia, ¿todos un paso
más en un absurdo juego universal? Tenía dificultad
para respirar y le sudaban las manos. Todo era mentira. Toda su vida, una pieza de una máquina enorme
y estúpida. Incluso estos pensamientos, también determinados. El sonido de su corazón acelerado, determinado. El nudo en la garganta, determinado. El
temblor de sus manos, determinado. El dolor de su
pecho, determinado. El pitido en los oídos y la sensación de desvanecimiento, determinada.

Justo antes de caer contra la mesa, se levantó y
recorrió los pasillos hasta el exterior, buscando de-
sesperadamente un poco de aire. Se paró en las esca-
leras principales, bajo la lluvia, de pie con las manos
en las rodillas, intentando recuperar el aliento. Volvió
un poco en sí, pero no podía sacarse de la cabeza esa
idea infecciosa. No era más que un puto títere. Ca-
minó sin rumbo envuelto en esa angustia, pero pronto
la angustia se transformó en apatía. El mundo no era
real, al menos no como él lo había entendido. Sintió
como si su cuerpo no le perteneciera.

Tras un par de minutos caminando, escuchó a sus
espaldas a un grupo de hombres. Cuando se giró, vio

que se reían mientras se acercaban a una chica que caminaba por el lado opuesto de la acera, visiblemente incómoda. Le preguntaron dónde vivía y si tenía novio. Ella les hizo el corte de manga y uno de ellos la cogió del brazo y se acercó mucho a su cara. Paralizada, buscó con la mirada a alguien que pudiera socorrerla, pero no había nadie más allí. Nadie excepto Juan. Lo miró fijamente, suplicante. Juan le devolvió la mirada durante unos segundos, miró en otra dirección, y continuó caminando.

Jelen G. Broock

Hacia el olvido

A lo largo de mi vida hice dos grandes viajes.

El primero fue simple. Nací, crecí y morí. Tenía veintidós años.

El segundo empezó cuando, frente al tribunal del inframundo, fui acusado del pecado de la lujuria por obtener el amor de mi amada mediante los manejos de una bruja.

—¿No raptó vuestro rey, Hades, a quien ahora es vuestra reina? —acusé con audacia—. Sin duda él sabrá que el amor lo trasciende todo. La ley, la justicia y a Dios mismo —argumenté, con la mano puesta sobre el corazón.

Me salvé de ser acusado de lujuria.

Porque mi pecado era el mayor de todos, la blasfemia, renegar de mi dios.

—¿Cómo puedo enmendarme? —pregunté.

—Más allá del castillo hay dos lagunas —respondió el tribunal, tres jueces hablando a coro—. Una trae el olvido y el perdón. Otra conlleva recuerdo y condena.

Luego, el tribunal se esfumó junto a todo el palacio de justicia. Quedaba a la vista el negro castillo de Hades, el dios al que había insultado y ante quien tendría que pedir permiso para beber las aguas que me permitirían enmendar mi pecado.

No lo hice, no por temor, sino porque no quería olvidar.

La vida sin mi amada no era vida. La muerte sin ella no sería muerte tampoco.

Se me ocurrió entonces que nadie me vigilaba. Recordaba el trayecto de ida, que recorrí en un carruaje conducido por mi ángel de la guarda. Fue un viaje lleno de lecciones sobre la vida después de la muerte, distinta para los verdaderos cristianos que para quienes, como yo hice, faltaban a su fe. Pronto decidí que, si empezaba ya a andar, pronto estaría de vuelta en el mundo de los vivos. Di media vuelta.

El inframundo estaba compuesto de tres secciones circulares, una conteniendo a la otra. La última, que rodeaba el castillo de Hades y el fantasmal palacio de justicia, era conocida como Tártaro. No el fuego eterno del que hablaba la Iglesia, sino una tierra de puro hielo, que también quemaba. Durante el viaje de ida, las puertas del carruaje estuvieron cerradas todo el tiempo y aun así yo temblaba de frío, escuchando las explicaciones de mi ángel de la guardia. Ese era el peor castigo del inframundo, reservado a los criminales y los blasfemos.

—No entiendo, ¿no es blasfemia todo esto, de por sí?

—Depende. ¿Crees que lo es?

No tuve respuesta entonces, cuando estaba en el carruaje. No tuve ni tiempo para plantearme la pregunta después, cuando andaba sobre el hielo.

A falta de demonios azotándome con látigos de fuego, estaba el viento, poderoso como el de una tempestad. Venía siempre de frente, golpeándome para que no siguiera mi camino. En ese lugar donde ni el sol ni las estrellas iluminaban el cielo, donde todo era iluminado siempre por la misma luz mágica que procedía del este, mi destino, la única medida del tiempo que existía era el hambre y el cansancio, que crecían sin parar. No tenía sentido, porque mi cuerpo era espíritu. Pero así ocurría, tal vez debido a mi intento de escapar del olvido. Seguía avanzando a través del páramo helado, rodeado de puro blancor, hasta que mi debilidad hizo que saliera volando merced de la tempestad. Terminé chocando contra una pequeña montaña de cadáveres congelados.

Así supe que no era el primero en intentar escapar.

Con esa comprensión, me levanté y volví a empezar. Un paso, dos, tres… Siempre manteniendo los brazos enfrente, a modo de protección de unos soplos afilados como cuchillas.

Al fin llegué a una montaña inmensa. Con mucho esfuerzo y tras mil fracasos, logré llegar a la cima, donde unos condenados habían decidido quedarse, a salvo de la tormenta eterna. La idea me tentó, pero entonces oí a un sabio decir:

–La vida no se detiene por nadie. Tú puedes andar, o quedarte echado, da igual. Tu cuerpo seguirá envejeciendo.

Yo no envejecía. Ni podía morir de hambre, ni desfallecer por frío y debilidad. Aun así, no iba a detenerme. Salí de esa montaña, crucé un valle y ascendí por otra. Agotado, siempre agotado. Repetí esa rutina encontrando nuevas almas en cada cima. Plebeyos, nobles, reyes y sacerdotes, todos renegando de su muerte, tan poco cristiana. Entre una montaña y otra, conocí a los decapitados reyes de Francia, que creían ser los últimos que habría, y al hombre que ordenó su decapitación, un tal Robespierre.

Según completaba esa sucesión de valles y montes, las almas eran más y más distintas. De pronto ya no importaban Dios ni la religión, eran algo secundario, una opción. Y yo, que no dejaba de andar, empecé a aceptar que simplemente escogí.

Fue entonces que acabaron el hielo y los fríos vientos. El blancor infinito y ardiente se detuvo ante un páramo gris de árboles raquíticos.

–Estoy cansado –dije, aun andando, pero solo arrastrando los pies–. Demasiado.

Por esos campos me crucé con las almas de quienes no habían hecho nada malo ni bueno en la vida.

Las personas que solo la veían pasar. Estas me miraron, andando siempre al este, con nulo interés, sin decirme nada.

Según avanzaba, empecé a plantearme si valía la pena seguir. Por el camino vi muchos carruajes. Algunos de ellos transportaban almas de mi tierra, España.

En mi trayecto, esta fue dos veces república, reino sin rey y democracia.

–Nada de eso tiene sentido –dije, dubitativo–. Pero me da curiosidad.

Y abandoné el páramo.

Mi viaje terminó ante un río nauseabundo, amarillo, que apestaba a muerte.

Solo una barca podía cruzarlo. Me acerqué a ella. El barquero me tendió la mano, solo huesos y pellejos. Recordé el tiempo que pasé en la otra orilla del río, el primer círculo del inframundo, por morir insepulto y no tener nada que darle.

Esta vez sí lo tenía. Mi vida, mis recuerdos, mi mayor tesoro.

Como una sola moneda, cayó en la mano del barquero y luego desapareció en su túnica. Podía subir a la barca, ya había pasado mi penitencia.

Coré

Cupón azul

Un día estaba yo saliendo temprano del trabajo, por el bendito horario de verano, y me crucé con un conocido vendedor de la ONCE, Aurelio, que estaba recogiendo. Yo no pensaba comprarle nada, solo lo típico de saludar y preguntar qué tal la vida. Pero me llamó la atención el diseño del Extra de Verano y así se lo hice notar.

—Anda, queda bonito, todo azul, con el sol en la esquina.

—Eso me han dicho. Pero no lo entiendo, nunca he visto el color azul.

—Azul es el mar que cruzaré en un crucero de lujo como me toquen las cinco cifras —dije sin pensar, ya sacando la cartera. Soy incorregible, en más de un sentido.

—También me han dicho eso —insistió Aurelio—. El mar y el cielo son azules.

No pillé la indirecta de inmediato, sino después de comprar un número.

—¿Nunca los has visto, Aurelio?

–No, así que no me pesa. Tengo mis recursos para todo, menos los colores. ¿Podrías explicármelo? ¿Qué es para ti el color azul? Sé que es tu favorito.

Me quedé de piedra. ¿Cómo se explicaba un color?

–¿Cómo lo sientes? –insistió Aurelio.

–Como la brisa marina, acariciando mi cuerpo con suavidad –contesté, dubitativo.

–¿Cómo lo escuchas? –prosiguió Aurelio.

–No se puede escuchar un color –reí–. Un momento, la verdad es que cuando pienso en él, imagino una melodía dulce y relajante.

–¿A qué sabe?

–¡A una tarta de arándanos!

Según respondía, iba imaginándome mi crucero soñado.

–¿A qué huele?

–Al aire puro.

Llegó la pregunta clave.

–¿Cómo lo ves? –rogó saber Aurelio.

–Poderme echar a la mar, sintiendo su brisa, oyendo su serenidad, oliendo la pureza de su aire. Lejos de cualquier tierra, solos yo y el océano. Poder volar por el cielo, donde no hay fronteras. Hallarme frente a una inmensidad inabarcable en la que soy libre para ir a donde quiera, sin cadenas que me frenen. Posibilidades infinitas. Cada vez que veo algo azul, pienso en esa sensación, siento que es el color de la libertad. No una aterradora, como la que hay de noche –me atreví a bromear, pensando en las locuras que hacían los jóvenes y no tan jóvenes a esas horas–. Se trata de ser libre en un mundo lleno de claridad. Eso me relaja, me da serenidad, me aporta paz. Es la transparencia y belleza del universo; eso es lo que veo con estos ojos míos.

Por momentos, Aurelio no me dijo nada, ni bueno, ni malo. Lucía pensativo. En un arrebato, tomé con suavidad su mano y le hice tocar el cupón que le había comprado. No es algo normal, pero nos conocíamos de muchos años.

–El sol es la estrella que me guía y resplandece –le dije, mientras él tocaba el círculo brillante en la esquina–. Y el azul –añadí, moviendo su mano a través del cupón–, es el cielo claro que me transmite la belleza y el camino a seguir. Uno con mil direcciones distintas. Es como si se abriera ante mí un paisaje que siempre me transmitirá algo nuevo y bello, sin importar cuánto lo explore.

–Así que ese es el color azul –entendió Aurelio–. Libertad.

–Libertad –asentí.

–¿Sabes? –dijo Aurelio–. Creo que me gusta ese color.

Ambos sonreímos, satisfechos frente a la inmensidad del mundo.

Coré

El sofá de mi casa

Y mientras veía la serie, que no la estaba viendo porque estaba yo en mis otros mundos, consideré seriamente fundirme con mi delirio, porque yo vivo gran parte del tiempo como en los aires, no sé si los buenos, pero en los aires seguro. Me falta tierra. El mundo es un lugar hostil para mí, yo soy un lugar hostil para mí, por eso me refugio en las nubes.

En mi delirio yo soy un sofá. Mejor dicho, soy el sofá de mi casa, que es el que me gusta. Soy un sofá porque, en mi búsqueda vital de la tranquilidad, que persigo incesante, es la calma del espíritu la que deseo, y mi sofá, siendo un mueble, duro y frío, tiene el talento innato de agradarle el momento a quien sea que llega a él. El sofá de mi casa es ese lugar donde una se funde para llorar, para reír, para dormir, para comer, para charlar, para follar. Literal o figurado. En los días buenos y sobre todo en los malos. A veces se ensucia y no se limpia y a veces se entulla de cosas que no se recogen. El sofá de mi casa es un ente que a veces molesta porque está en medio y a veces abraza como mi padre con su sostén incondicionado. Quién diría que no es un ser humano.

En mi delirio yo soy un sofá. Soy el sofá. Deformo la realidad a cada segundo tras la merienda de psicodélicos de Netflix y toda mi agitación emocional habitual se va quedando atrapada por un bucle que se expande al infinito. Cierro y abro los ojos, tiro de la manta hasta que me engulle, me estiro, me encojo; mis dramas ya parecen un eco a lo lejos, la paz me invade. Suelto lentamente el humo de la pipa de opio. Apago la tele.

Ya soy el inmenso gris duro y frío que vive en calma en el salón de mi casa. Me acaricio con una siesta. Apago el sonido de la mente. Soy un sofá. Repito como mantra. Soy un sofá. Soy un sofá. Sigo en mi fantasía. Soy un sofá. Mi destino es agradar, es acoger, es ser hogar. Soy un sofá. Pañuelo de lágrimas, abrazo de madre, polvo de media tarde. Soy un sofá. Compañía de amigas, abrigo de invierno. Soy un sofá. Soy un sofá.

Tranquila.

Estás en casa.

Eres un sofá.

Jessicapglez

La marciana

Otoño, mi estación favorita. Septiembre siempre da orden a la vida, pero octubre… En octubre ya empieza a bajar la temperatura, ya casi no queda gente en las calles, la rutina laboral está instaurada y, entonces, yo aprovecho para no hacer nada, a ir contracorriente. Y cómo me encanta. Lo mejor de ir contracorriente es comerte un helado cuando ya dieron el cambio de hora de final de octubre. Ya no se derrite.

Y allí estaba yo, a las 9 de la noche, bajo la fuerza del viento lagunero, saliendo de la tienda con un sándwich helado.

Hay quien te mira como diciendo «esta chica no quiere que se acabe el verano», pero nada de eso, yo odio el verano. Y es que había una vez un anuncio en la tele, cuando yo era pequeña, de una chica risueña con mirada traviesa que viajaba siempre en guagua escuchando las conversaciones de la gente mientras comía sándwiches helados. Todo el tiempo. El papel del helado iba a juego con el tono de la compañía, yo creo que por eso lo eligieron. La chica escribía también en un cuaderno verde las cosas de la gente. Era media espía, o media marciana, qué se yo. No era normal ese anuncio. De todas formas, la eligieron bien, porque yo tuve flechazo, y desde entonces, de tanto que lo repetían, sólo quería comer sándwiches helados y escuchar las historias de la gente para luego guardármelas para siempre.

La marcianita era media saltimbanqui, y eso que iba en los trayectos de las guaguas, que no se podía ir de pie, pero es que ella yo creo que no se podía aguantar. Es que había que verla, chorreándole el helado por la barbilla y los dedos, cayéndole sobre el cuaderno verde, cambiándose de asiento cuando dejaba de interesarle una historia para pasar a otra… Ya digo que ese anuncio no era normal, porque las madres no dejaban hacer eso, y esa marciana se empeñaba en ser rebelde cuando las demás no podíamos porque el guantazo nos lo llevábamos seguro.

Y por eso yo sigo comiendo sándwiches helados en otoño por la noche cuando hace frío. No por el verano, sino por el recuerdo, por la lección de la marciana que, sin palabras, siempre nos invitó a hacer lo que nos diera la gana.

Jessicapglez

La piedra de mi reino

Podría haber sido ídolo de cualquier joven. Cada vez que llegaba a mi casa, para visitarnos y ver a su madre, mi abuela, la alegría entraba por la puerta. A mí me llamaba Chicharro y aquellas tres sílabas pronunciadas por su voz ronca y seca me agrandaban el espíritu. Tenía el poder de atracción y de elevar a todos los que le rodeaban, con su sentido del humor, con sus historias bandoleras y su bondad de espíritu.

Entraba por mi casa besando a su madre y a su hermana:

—Hola Vieja, hola Conchíbere.

Decía siempre, abriendo la nevera para ver si le gustaba algo, olisqueando los calderos de la cocina y cogiendo del frutero, el plátano más maduro y un trozo de pan, comiéndoselos con un apetito que el que lo miraba, también querría comerse lo mismo, aunque en ese momento no tuviese hambre.

Tenía un cuerpo atlético para su edad, un moreno canario, de ese que solo se coge en las playas de callados o en un espigón de rocas de una playa de barrio durante un verano.

Su cara no me parecía especialmente agraciada, sino fuera por sus enormes ojos, casi exoftálmicos y que siempre creí que era uno de sus encantos que tanto atrajeron a las decenas de mujeres que se le presumía había conquistado. Yo si sabía de esa certeza, porque presencié sus cortejos más de una vez, cuando me llevaba para que lo acompañara a dar una vuelta en su flamante deportivo 127 y recalábamos en algún bar por el camino, donde me daba un puñado de monedas para que me entretuviera jugando a los marcianitos, mientras él desplegaba toda su maestría seductora con las señoras del lugar.

Le gustaba vestir sencillo: mocasines, vaqueros y camisetas blancas de algodón ajustadas y nunca salía sin sus Ray-Ban; recordándome a Marlon Brando en *Un tranvía llamado deseo* por el erotismo que desprendía, a James Dean en *Gigantes* por la rebeldía que siempre mostraba y el aura de vida rápida con final trágico y temprano como el que tuvo mi tío.

A veces se dejaba un bigote, negro, profuso, de cerdas de jabalí y que me recordaba a Burt Reynolds en *El rompehuesos*, cuando otros parientes, contaban en las reuniones familiares, sus peleas en los bailes de los pueblos, que casi siempre tenían el mismo guion: forastero de ciudad que llega a las fiestas del lugar y que cautiva a las damiselas del paraje, encontrándose con la negativa de los pueblerinos que temían perder a sus «mises», tornándose todo en reyerta multitudinaria y de la que mi tío solía salir airoso.

Se podría pensar que con sus andanzas hubiese tenido muchos enemigos, pero, todo lo contrario. Recuerdo como allá por donde pasáramos, siempre le tocaban pitas desde los coches saludándolo, le daban muestras de afecto en todos los sitios a los que entraba y era muy respetado por conocidos, amigos y familiares y todo ello, porque era un hombre muy generoso; te prestaba su coche o te daba dinero sin esperar que se lo devolvieras y era el primero en ofrecerse a ayudar en cualquier situación desinteresadamente.

Siempre me llamó la atención la letra tan bonita que tenía, su rapidez mental con las matemáticas, su buena memoria y el no haber aprovechado estas cualidades para haber seguido estudiando, pero se conformó con ser chófer de guaguas y la vida lo arrastró como a aquellos personajes de ficción con los que yo lo comparaba, a una vida intensa, corta y de final dramático.

Una vez, al poco de haber sacado yo el carné de conducir, fui yo quien le invitó a dar una vuelta y durante el trayecto me dijo:

–Chicharro, nunca olvides que un volante no sirve para desahogarse de lo malo que te esté sucediendo en la vida, conduce con temple, mirando siempre a lo lejos y respetando a los demás conductores.

Aquella frase me la guardé y se ha convertido con el tiempo en un modelo para afrontar mi vida.

José Gregorio Bacallado Cruz

Antes del negro

Mi amigo Pedro había crecido conmigo, teníamos las mismas inquietudes y casi los mismos gustos en cuanto a comida, música, lecturas, novias...todo nos unía, pero su ceguera y mi poca comprensión, en alguna ocasión nos separaba. Nunca fueron desavenencias importantes, lo típico entre adolescentes con hormonas alteradas, pero ese verano tuvimos una discusión muy fuerte y fue por una chica.

Carla, parecía brillar siempre; cuando íbamos a la playa, su piel chocolate, embadurnada en aceite de coco, nos volvía locos a Pedro y a mí. El olor de aquel bronceador cerca provocaba en mi amigo que sus ojos pareciesen los de un tamboril cuando les soplábamos. Tartamudeaba y me interrumpía continuamente las conversaciones con ella, desde que aparecía, él se transformaba y se convertía en un acaparador de su atención, con sus chistes y aventuras personales, que tenían mucho de mentira. Un día, tumbada con nosotros sobre la arena, hizo una pregunta que yo consideré maligna para Pedro, pero muy beneficiosa para mis intereses:

–¿Pedro cómo percibes el mar, su color sobre todo?

Aquella pregunta hizo que Pedro dejase de tartamudear, se declaró un silencio desagradable en nuestro rincón de la playa, hasta que mi amigo dijo:

–¿Qué pregunta es esa, no sabes que soy ciego de nacimiento?

Yo intervine en defensa de mi amor de verano:

–No es para tanto, no seas malcriado, no te lo ha preguntado para hacerte daño.

–Pues yo creo que sí y además no tengo nada más que hablar con ninguno de los dos.

Y se fue.

El verano continuó y en una fiesta en la playa, besé a Carla y así acabaron nuestras vacaciones.

Habían pasado unos años, toda mi quinta estaba en la universidad, yo no seguí con Carla después de aquel verano y mi amistad con Pedro me costó recomponerla; él se había sentido muy dolido, pero nos arreglamos.

Mi amigo quería tener experiencias nuevas y nos apuntamos a un curso de buceo. Llegó el día de nuestra primera inmersión y cual fue nuestra sorpresa que los dos empezamos a notar un aroma que nos aceleraba todas las constantes: olía a aceite de coco de una determinada marca que nuestras memorias nunca olvidaron, era Carla, nuestra jefa de inmersión ese día.

—Hola chicos, ¿me recordáis?

Yo contesté antes.

—Por supuesto, Carla, ¿cómo estás?

—Bien, ¿y ustedes?

Pedro dijo:

—Hola Carla, me alegra saber de ti, ¿vas a bucear también?

—Sí, hoy soy vuestra jefa de inmersión, así que preparaos.

Sin más conversación nos dispusimos a colocarnos los trajes, comprobar material y nos lanzamos al agua.

Fue alucinante la experiencia y mientras reposábamos y nos quitábamos los equipos, Carla se dirigió a Pedro y le preguntó:

—¿Qué os ha parecido?

Mi amigo, con voz calmada le contestó:

—Pues querida Carla, ha sido una gran experiencia y gracias a ella, por fin podré contestar tu pregunta de hace años, de aquel verano adolescente. Dicen que el color del mar es azul, yo no lo he visto, pero sí sé que es el color de la confianza, por ejemplo, de un amigo en otro; de la verdad, cuando reconoces tus limitaciones, pero no te rindes; de la serenidad, al saber que lo has intentado todo, aunque fracases y quedas en paz; de la soledad buscada, que provoca calma, tranquilidad; es el color del sueño, de la introspección, en definitiva, es el color de esta vivencia de inmersión en el mar, en el gran azul.

Carla, tenía humedad en sus mejillas, no supimos si eran restos de lágrimas o agua de mar, hasta que se acercó a Pedro y lo besó.

José Gregorio Bacallado Cruz

La bicicleta

Mi vínculo con la bicicleta empezó con 18 años en Salamanca. Como era pobre como una rata un buen amigo, Miguel de Huesca, me prestó la suya. Una bici cutrilla de montaña, de esas que te venden en cualquier hipermercado. Me quedaba obviamente grande, por muy poco llegaba a los pedales con el sillín bajado del todo. Para detenerme tenía que inclinarme y cuando, por azar o falta de pericia, no llegaba a hacerlo me golpeaba en el chichi con la barra superior del cuadro y me quedaba viendo las estrellas. Era mitad roja, mitad gris, no tenía nada de especial. Sin embargo, yo la amaba; ahí empezó mi amor de bici, el primer idilio. Era como una novia punky, siempre un poco desaliñada pero contenta de ir a cualquier parte de la ciudad. Volaba por el Paseo de Dimas y la Plaza del Oeste; de madrugada me perdía por el centro, saludaba a Don Miguel de Unamuno, me llegaba hasta las Conchas, atravesaba la Plaza Mayor en un suspiro. En esas cabalgadas nocturnas aprendí a ir sin manos y el volar se convirtió en una navegación, ondulando de lado a lado por las calles vacías y brillantes por la lluvia y los faroles; qué placer pedalear sin manos, soltando el peso de tu gravedad sobre el coxis y dejando que sea ella la que te lleve.

Era la única que iba a la facultad en bici en aquellos tiempos. Tras unos meses pasé a ser «la de la bici» –también era «la que silba», pero menos–. El viaje empezaba muchas veces a las ocho menos algo de la mañana, a toda leche para llegar mordiendo el timbre. Con temperaturas bajas tirando a muy bajas; por algún tipo de fidelidad canaria no tuve guantes durante mucho tiempo, los dedos se congelaban cuando tenía que frenar, así que frenaba poco. Solo me hostié una vez, en una curva cerrada, quién se iba a imaginar que una placa de hielo se hubiera condensado durante la noche en ese recoveco umbrío; la bici salió patinando y yo di con mi cuerpo en el suelo, limpiamente, no hubo que lamentar pérdida de piños o huesos rotos.

Esa sensación del frío seco e intenso de Salamanca en la cara, la nariz goteando, las piernas pedaleando a todo trapo para darle al cuerpo el calor que pedía a gritos y, sobre todo, la euforia, la intensa y viva alegría que se siente cuando se va en bici. Ya nunca la he podido dejar atrás. Esa bici la dejé candada en un arbolito y la mangaron en menos de veinte minutos que subí a casa de los chicos a llevarles una cosa. Le regalé a Miguel mi Play como pago insuficiente, nada sustituye a una bici. Primera vez que me partieron el corazón ciclista; el descubrimiento de que te han robado la bicicleta es como una pedrada en la cabeza. Los ladrones de bicis son gente sin escrúpulos.

Mi segundo asunto llegó en La Laguna. Estuve ahorrando y ahorrando de mi delgado sueldo de becaria para comprarme una Monty plegable en color plateado que vendían en Vadebicis. Cada dos o tres días pasaba por allí y la miraba, a veces desde el escaparate, otras, entraba y acariciaba el sillín, las manetas, el cambiador. En la tienda me conocían. Costaba trescientos euros, debía ser 2004 o 2005. Para mí era un dineral, una fortuna; fue el primer objeto que deseé con una pulsión materialista que no había experimentado antes. Poco a poco reuní el dinero y la compré. La adoraba. Iba a todos sitios con ella, a todos: bajaba, y subía a Guajara, hacía todos los recados, bajaba a Santa Cruz y la subía plegada en la guagua o el tranvía, me movía por todas partes. En aquel tiempo una bici plegable era una novedad, la gente a veces me preguntaba por ella y yo me hinchaba de orgullo y les hacía toda la demostración del mecanismo. Me comenzaron a conocer también en La Laguna como «la de la bici». Un día salí a dar una vuelta a los bares, la até en la verja de Fotocopias Mateo, un lugar de paso. Pensaba echarme una cervecita, pero una cosa llevó a la otra, era la época de los margaritas en el Blues Bar y acabé saliendo a las cinco de la mañana. Cuando fui a coger la bici, no estaba. Segunda pedrada. Pero esta, esta fue un desgarro, como si me hubieran robado un órgano. Qué angustia, qué triste me puse, lloré y lloré, atravesé toda La Laguna corriendo hasta llegar a la Comisaría de la Nacional donde un señor policía me tomó declaración y se rio de mi desgracia. Volví a casa completamente abatida, estuve tres días sin salir. Como hacemos las mujeres con apego ansioso como yo, no podía parar de culpabilizarme. ¿Por qué la dejé allí? ¿Por qué no la entré como otras veces? En fin, un drama bien gordo. Todavía no existía el WhatsApp, pero mandé un mensaje de texto a todo cristo, puse carteles, La Laguna en peso se enteró de mi desgracia. Un día, a las tres semanas, me llama una amiga:

–Nira, estoy en la comisaría renovando el DNI y aquí hay un tipo con tu bici.

El rayo celestial, el golpe de suerte. Confirmamos que es mi bici y mi amiga se dirige al pibe y le cuenta la película. El chico, con cresta teñida de rubio y pantalones de pitillo, le dice que él no fue, que alguien la llevó a la casa okupa, que la noche le confunde, que no sabe nada y se la devuelve a Dácil. Se obró el milagro, mi Monty volvió a casa, rasguñada, con algunos rotos, pero de una pieza. La disfruté durante otro par de años y, otra vez, la dejé aparcada en la Avenida Trinidad durante unas horas y al volver no estaba. No hubo negligencia, solo un desalmado que tiró de cizalla para romper la cadena. Esta vez no la recuperé. Trauma sobre trauma, mi pobre corazoncito de niñata se partió en un par de trozos y como castigo autoinfligido estuve tres años sin bici nueva. Todavía no iba a terapia, no sabía de ese sabotaje que nos hacemos privándonos de lo que nos hace felices para ponerle intensidad a la vida.

Pasada la penitencia me volví a decidir. Pillé una de montaña de segunda mano, volví a disfrutar, le puse parrilla trasera y me adentré en el cómodo mundo de las alforjas, una nueva dimensión. Ahora mi afición era cargar de todo en la bici. Podía llevar una caja de quintillos, la compra del mercado, al perro, libros, flores, a una amiga, sentía que con un par de cinchas podría haber llevado un piano o un sofá. Era maravillosa esa autosuficiencia. Regresaron las calles para que yo las lamiera con las ruedas de 26, volvieron las exploraciones nocturnas y empezaron las Masas Críticas. Qué diversión bloquear el tráfico con cincuenta personas sobre bicis y cantar «no pago un duro y tengo el culo duro», «aquí estamos y no contaminamos». Esta la vendí y volví a la tienda de bicis a elegir una belleza que me enamorara, ahora con más poder adquisitivo. Y ahí llegó la Lapierre de ciudad; Lapierre es una marca francesa que causa respeto entre los ciclistas de carretera, en cuya cofradía nunca he militado. Una bici finísima, marrón metalizado, con ruedas grandes, de 29, de llanta estrecha, guardabarros blancos, manetas blancas, una delicia conducirla. Con ella he estado navegando por La Laguna durante los últimos años, la única de mi trabajo que iba en bici a diario, lloviera o cascara el Sol. Con ella me metí en el movimiento del activismo ciclista. Todavía la conservo, me pillé un candado bueno. Se la voy a regalar a mi ex, a quien contagié del amor de bici –algo bueno siempre dejamos tras los divorcios–.

Y ahora tengo un nuevo sueño esperándome, una Kona de Gravel azul eléctrico en la que mi nivel de ser guay supera todos los límites que yo misma podía imaginar. Acaba de llegar a Tenerife desde La Palma y, sí, siento que empieza un nuevo romance. La vida no retrocede, las bicis tampoco.

Nira Llarena Alberto

El adiós

A la mañana siguiente del entierro, me desperté con el olor a incienso del botafumeiro. Escucho también el sonido triste, tan peculiar, de la gaita asturiana encabezando el cortejo fúnebre camino del panteón, la cantidad de amigos llegados de todos los puntos de España y, el llanto volvió para sacudir mi cuerpo, aún dormido.

Sentada ante una taza de café en la cocina, por mi mente, pasa todo el proceso previo al desenlace.

Los ingresos hospitalarios, los viajes recorriendo los lugares de nuestra infancia, aquel día de agosto cuando en Luarca, me dijiste: «me muero hermana, no llego a Navidad», la angustia por buscar soluciones, la rebeldía porque eras muy joven para irte, la injusticia de no poder conocer al nieto que tanto deseabas.

Enredada en estos recuerdos tristes, me levanto, abro la ventana y el aroma dulce del jazmín junto a una ráfaga de aire fresco me recuerda que tengo que empezar un nuevo día.

Nory Lobato

Subiendo Peña Ubiña

La sensación de libertad se esfumó, quedó reducida a la corta etapa infantil, cuando veía volar a los pájaros desde la casita del árbol, construida por el abuelo.

En sucesivas décadas todo fue esfuerzo y sacrificio, vagando por ciudades, cruzando desiertos sedienta y deshidratada con una mochila al hombro, cargada de dolores.

Pasan los años y cómo ayuda a mi recuperación terapéutica me aficiono a la escalada. Un día espléndido de primavera, subiendo a Peña Ubiña, me encontré con un morenazo alto y de ojos profundos. Al llegar a la cima nos sentamos a descansar y nos contamos la vida, los dos venimos de divorcios traumáticos y hablamos, hablamos mucho, hasta que la niebla nos obliga a descender. Lo hacemos en silencio y a ratos risueños sin perdernos de vista. Al final del día nos dimos un apretado abrazo, con la promesa de seguir escalando juntos los fines de semana.

A su lado y en la montaña vuelvo a sentir la libertad y a intuir que es posible empezar de nuevo, pero cuando me quedo sola, en mi mente danzan inquietantes preguntas: ¿se puede construir una pareja sin terminar de pegar los trocitos de vida anteriormente rotos? ¿Se puede amar desde la necesidad? Nuestros encuentros no se parecen a los tintes sociales establecidos. No hay flechazo ni mariposas en el estómago y encima soy doce años mayor que él y, esto pesa, aunque mis amigas digan que soy la más moderna rompiendo moldes.

El tema es qué, en medio de las alertas, del temor fue surgiendo un juego lento de miradas largas, de guiños y risas donde nuestros cuerpos, despertando del letargo, quedaron atrapados en una tela de araña difícil de romper y de esta guisa comenzamos a convivir. Por un lado, sorprendida al descubrir otra forma de estar en pareja y por otro, ver que no hacen falta los sobresaltos para sentir el amor. Descubro el placer del orgasmo que se expande más allá de ese momento en forma de ternura y el cariño impregna nuestra vida cotidiana sin necesidad del día de los enamorados. El respeto y el cariño a los diferentes momentos de cada uno y los 30 años que llevamos juntos dan respuesta a las preguntas que me hacía y constato que todo es posible.

Nory Lobato

Oasis

Es la tercera vez que lo vemos asomarse por el escaparate esta semana y ya empiezo a inquietarme. No es que crea que el señor tiene malas intenciones, nada que ver. El asunto es que lleva días deambulando calle arriba y calle abajo. Desorientado. Como si buscara algo que no consigue encontrar. Se para delante de la cristalera, se acerca despacito a mirar al interior. Se aleja. Tal vez ni siquiera sepa qué busca. Me giro hacia mi compañera y la veo concentrada en lo suyo, retocando la capa de esmalte sobre las uñas de una clienta. Mis manos siguen masajeando el pie derecho de la señora que tengo enfrente. No ha levantado ni un segundo la vista de la pantalla de su móvil. Con la boca bien abierta, mastica un chicle. El sonido mecánico se va incrustando en mis tímpanos, cada vez más pegajosos. De un impulso, dejo caer su pie sobre la tina y me levanto de la silla. Le digo que me disculpe un momento, ella levanta la vista y clava otra vez los ojos en el teléfono. Salgo afuera, cierro la puerta y me acerco al señor. Le pregunto si se encuentra bien. Él solo me devuelve una sonrisa breve. Le animo a que me cuente si está buscando algo. Porque, si es así, tal vez pueda echarle una mano con lo que necesita, le digo. Me mira, asiente en silencio. Cambio la táctica y me presento: mi nombre es Carmela y trabajo aquí desde hace unos meses. Le pregunto por su nombre y el señor aparta la vista y sonríe para otro lado. Al volver la cabeza, sus ojos azules me buscan. Parecen dos piscinas en mitad de un paisaje árido. Pruebo suerte por última vez.

–¿Y qué le trae por este sitio?
–Vengo al Oasis... –titubea.
–¿Oasis?
–Aquí.
–¿Se refiere al salón de uñas?

Niega con la cabeza. Muy despacito, coloca las manos temblorosas a cada lado de los ojos para mirar concentrado a través de la cristalera. Su expresión es otra, ahora parece entusiasmado con lo que ve. Sin dejar de contemplar, me toca el brazo y apunta con un dedo hacia el cristal.

–Asómese conmigo joven, a ver quién anda hoy por el Oasis. Por ahí llega Mariano, ¿ve? Con mi Bitter Kas y un plato de chochos. Es que a estas horas del día ya no quedan manises –hace una pausa–. Dice que cada día que pasa tengo más pelo –se ríe–. ¡Ay, Mariano! Por suerte, a mí ya no me queda ni uno de tonto –se separa un poco del cristal mirando un punto en el vacío. Enseguida coge fuerzas y enfoca de nuevo al interior. Yo le sigo.

—Sí, don Pepe, a ella prepárele lo de siempre, otro Bitter Kas, pero con la rodaja de naranja, y un platito de aceitunas. Mire usted, joven, qué buena tarde se ha quedado para el aperitivo, a ver cuándo llega Nenita de misa. Comprenda que yo a todos los camareros del Oasis los quiero por igual, ya son como de la familia, llevan trabajando aquí toda la vida. Pero a mí el que me trata como un marqués es mi Mariano. Cuando nadie se pispa me saca un poquito de jamón, una tapa de ensaladilla, de mejillones, qué se yo, de lo que sobre para acompañar. Cuando llego con el día torcido, ellos siempre están ahí para hacer sentir a uno como en casa —noto que se le quiebra la voz ligeramente, pero recupera el ritmo—. Oiga joven, ¿ha visto qué buena tarde se ha quedado para el aperitivo? A ver cuándo llega Nenita de misa. Cuando la vea no se olvide de pedirle que le cuente cómo nos conocimos en el 47, que la historia tiene tela para cortar. De haber podido nos habríamos casado aquí, después de bailar toda la noche —sonríe con ternura y levanta las cejas blancas—. Por las mañanas me siento allí en la barra a leer la prensa. Por las tardes me muevo a la terraza, que ya me guardan una mesa fija. ¡Faltaría más! Con los años que llevo dando la lata, me gané a pulso el carné de veterano. Fíjese, fíjese cómo tienen ese suelo, hasta arriba de cáscaras. Que baje Dios y lo vea. Que no se me quejen luego de que tienen cucarachas y vaya a saber qué más cosas. A Nenita se le subió una por la pantorrilla... ¡Ay, señor! Buen susto nos pegó a todos y la pobre se cayó de la silla... ¡Me refiero a Nenita, no a la cucaracha! La cucaracha se quedó ahí sentada en su silla –soltamos una carcajada al mismo tiempo–. Y cuando trajeron aquel loro que se metía con la gente cada vez que alguien pasaba al lado de la jaula –cambia de tono para imitarlo–. ¡Ahí-viene-una-gamba! ¡Fuerte-batata! ¡Cállate-tolete! Los extranjeros se reían como si se enteraran de la copla. Y los demás, ya se imagina cuánto adorábamos al bichillo. Qué tiempos –suspira y me mira sonriente.

—Mire, joven, qué buena tarde se ha quedado. A ver cuándo llega Nenita de misa a tomar el aperitivo –se busca la muñeca para ver la hora, aunque no lleva reloj.

Al otro lado del cristal veo a mi compañera hacerme aspavientos con la mano. Me fijo en mi clienta, que sigue absorbida por la pantalla, con el pie flotando en la tina de la pedicura, exactamente como lo dejé.

Sara Pérez

Índice

PRÓLOGO 7
Antonia Molinero

OASIS 9
La bestia 11
La nevera de los helados 15
ambos por Alba Marrero Díaz
Con la reserva encendida 19
Mi superhéroe favorito 23
ambos por Álvaro Plantalamor Enríquez
Toda la vida que alberga la muerte 27
Aridane Martín Rodríguez
Hacia la Quinta del Sordo 29
Una mala resaca 33
ambos por Azucena Keatley
La Perla del Caribe 37
Carlos Labrador Marrero
Amuleto de dos mujeres 41
Cambio de apellido 45
ambos por Clorinda Padilla Padrón
¡Ponme otra cañita, Ramón! 51
El perdón 55
ambos por InaMartín

En los relatos de mi madre 59

Una idea infecciosa 63

ambos por Jelen G. Broock

Hacia el olvido 69

Cupón azul 75

ambos por Coré

El sofá de mi casa 79

La marciana 81

ambos por Jessicapglez

La piedra de mi reino 83

Antes del negro 87

José Gregorio Bacallado Cruz

La bicicleta 91

Nina Llarena Alberto

El adiós 97

Subiendo Peña Ubiña 99

ambos por Nory Lobato

Oasis 101

Sara Pérez